*Un grand merci à San Kiu Lieu et Samantha Riches,
élèves de l'école primaire de Keyworth à Londres,
qui m'ont donné l'idée de cette histoire
et qui m'ont autorisé à l'utiliser.*

Traduit de l'anglais par Anne de Bouchony

Titre original : *I Want A Sister*
ISBN : 2-07-052425-6
Publié par Andersen Press Ltd., Londres, 1999
© Tony Ross, 1999, pour le texte et les illustrations
© Gallimard Jeunesse, 1999, pour l'édition française
Numéro d'édition : 97523
1er dépôt légal : mars 1999
Dépôt légal : septembre 2000
Loi n° 49-956 du 16 juillet 1949
sur les publications destinées à la jeunesse
Imprimé en Italie par Grafiche AZ

Je veux une petite sœur !

Tony Ross

Gallimard Jeunesse

– Il va y avoir quelqu'un de nouveau dans notre famille, annonça un jour la reine.

– Chic alors! dit la petite princesse.
Nous allons avoir un chien.

– Non, pas du tout, dit le roi.
Nous allons avoir un bébé.

– Chic alors! dit la petite princesse.
Je veux une petite sœur.

– Ce sera peut-être un petit frère, dit le docteur.
On ne peut pas choisir, tu sais.

– Je ne veux pas de petit frère, dit la petite princesse.
Les garçons sentent mauvais.

– Les filles aussi, dit la gouvernante.
Il t'est arrivé de sentir très MAUVAIS.

– Je ne veux pas de petit frère, dit la petite princesse.
Les garçons sont brutaux.

– Les filles aussi, dit l'amiral.
Les deux font d'excellents marins.

– Je ne veux pas de petit frère, dit la petite princesse.
Les garçons ont des jouets nuls.

– Les jouets des garçons peuvent être les mêmes
que les tiens, dit le Premier ministre.

– Bon, dit la petite princesse,
JE NE VEUX SURTOUT PAS DE PETIT FRÈRE.

– Pourquoi? demanda tout le monde.
– PARCE QUE JE VEUX UNE PETITE SŒUR,
dit la petite princesse.

Un jour, la reine partit à l'hôpital pour accoucher.
– N'oublie pas..., hurla la petite princesse,

... JE VEUX UNE PETITE SŒUR!

– Et si c'est un petit frère ? dit son cousin.

– Je le mettrai dans la poubelle, dit la petite princesse.

Quand la reine revint au palais,
le roi portait le nouveau-né dans ses bras.

– Dis bonjour au bébé, dit la reine.
– Elle est vraiment adorable, dit la petite princesse.

– Ne dis pas elle, dit le roi. Tu as un frère. Un petit prince !
– Je ne veux pas d'un petit prince, dit la petite princesse.
Je veux une petite princesse !

– Mais nous avons déjà une MERVEILLEUSE
petite princesse, dirent le roi et la reine.
– QUI? demanda la petite princesse.

– TOI! dirent le roi et la reine.

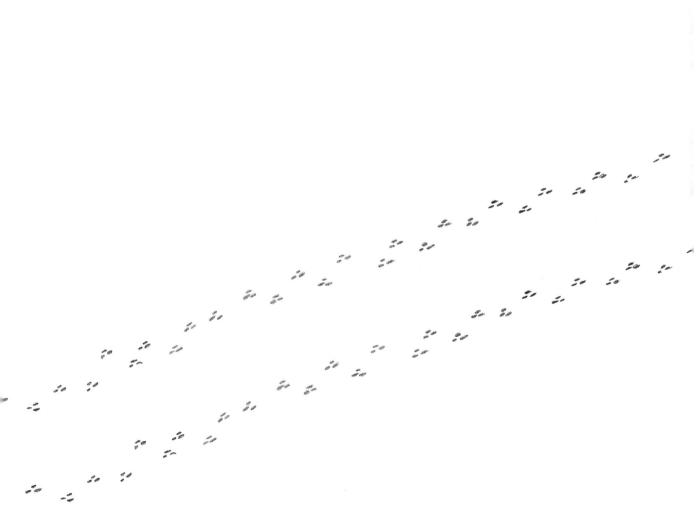

– Est-ce que je peux donner ça
à mon petit frère maintenant
que j'ai grandi ? dit la princesse.